ANCIENS POÈMES CHINOIS

D'AUTEURS INCONNUS

中國無名氏古詩選譯

曾仲鳴譯

TRADUITS PAR

TSEN TSONMING

中國無名氏古詩選譯

ANCIENS POÈMES CHINOIS

D'AUTEURS INCONNUS

traduits par

TSEN Tsonming

Licencié ès Sciences, Docteur ès Lettres
Correspondant de l'Université Nationale de Pékin

LYON
Joannès Desvigne & Cⁱᵉ
36 à 42, Passage de l'Hôtel-Dieu

1923

IL A ÉTÉ TIRÉ

200 exemplaires sur pur fil Lafuma

numérotés de 1 à 200

800 exemplaires sur vergé teinté Hollande

numérotés de 201 à 1.000

Justification du tirage

111

PRÉFACE

Il y a un siècle environ, la poésie chinoise était
assez mal connue en Europe, même en France. Elle
est cependant si mélodieuse et si belle que depuis lors
on a essayé de la comprendre. Dans l'immense do-
maine littéraire du " Céleste Empire ", on a cherché
le chemin avec l'intention de l'explorer. L'honneur en
revient aux célèbres sinologues français qui ont bien
voulu, par leurs travaux consciencieux, faire connaître

et aimer la poésie de notre vieille civilisation, dissiper
les mystères qui séparent nos deux langues et montrer
combien la littérature chinoise est restée toujours douce
et jeune. Le " Livre des Odes " ou "Chi-king" (1) a
été traduit tout d'abord par PAUTHIER, puis très étudié
par d'autres érudits. En 1852, Hervey de SAINT-DENYS
présenta au public les " Les Poésies de Thang " (2) ;
grâce à cet éminent écrivain, nos grands LI THAI-PO
et TOU FOU devinrent célèbres dans le monde intel-
lectuel français. Une trentaine d'années plus tard,
IMBAULT-HUARD donna une traduction des poèmes des
Dynasties de Ming (3) et de Tshing (4). Tout récem-

---

(1) La plus ancienne anthologie des poésies chinoises.
(2) 618-907 après J.-C.
(3) 1368-1643 après J.-C.
(4) 644-1911 après J.-C.

ment, M. Georges Soulié de Morant *publia un ouvrage très intéressant intitulé "Florilège des Poèmes Song" (1) qui constitue vraiment une innovation poétique et qui est même une révélation pour les lecteurs occidentaux.*

A ce propos, on peut déplorer que de nombreuses poésies depuis Han jusqu'à Swei (2) ne soient pas encore traduites. Cependant les poèmes de ces époques occupent une grande place dans notre littérature. Ils sont non seulement aussi parfaits que ceux d'autres périodes, mais sont surtout des chefs-d'œuvre que nos lettres considèrent comme la source de notre art poétique. C'est pourquoi j'estime qu'il est utile de combler cette

---

(1) 960-1276 après J.-C.
(2) 206 avant J.-C. — 617 après J.-C.

lacune. Malheureusement les œuvres de ces dynasties
sont si abondantes que je me vois obligé de choisir les
plus beaux morceaux des auteurs inconnus pour com-
poser ce petit recueil renfermant des sujets assez
variés (1).

Quant à la traduction, j'ai tâché de la rendre aussi
exacte et fidèle que possible. Mais je dois répéter une
fois de plus l'idée exprimée dans mon dernier livre
"Essai Historique sur la Poésie Chinoise":

« *La traduction de morceaux littéraires d'une langue
en une autre langue est une chose très difficile et par-
ticulièrement décevante surtout lorsqu'il s'agit de*

---

(1) Quelques autres poèmes toujours d'auteurs inconnus moins inté-
ressants n'ont pas été traduits. Une des plus longues parmi les poésies
chinoises, le poème très curieux sur femme de Syu Tchoun-kuen a
été laissée volontairement de côté et sera traduite postérieurement

poésies. D'abord, tous les effets du rythme et de la sonorité disparaissent; de là, impossibilité de faire ressortir toute la beauté du poème, il n'en reste que l'idée
poétique ».

« Donc, de même que M. Georges Soulié de Morant,
je ne puis que prier les lecteurs de reconstituer par
l'imagination tout le charme du rythme, de la rime,
du chant et de la représentation picturale dont nous
sommes obligés de dépouiller ces chefs-d'œuvre ».

Enfin je compte sur l'indulgence de nos amis français
qui voudront bien m'excuser de mon inhabileté à manier plus élégamment leur belle langue.

Mais en entreprenant ce travail je n'ai jamais été
guidé par un sentiment d'ambition. J'avais un but : c'est
une initiative que je prends tout en souhaitant que

d'autres érudits plus compétents que moi veuillent bien étudier de plus près la poésie et la littérature chinoises, trésor de beauté et de sagesse. Je ne suis donc dans cette tentative qu'un léger zéphyr qui passe annonçant le printemps, à d'autres d'en voir les fleurs et d'en goûter les fruits!

T. T.

Bourget du Lac, 15 Août 1923.

ILS SE BATTENT
A LA PORTE DU MIDI

Ils se battent à la porte du midi

Et, au nord de la muraille, ils sont morts.

Sans tombeau, les corps lacérés gisent sur la plaine.

Partout, se dirige l'essaim de noirs corbeaux.

Attendez, attendez, méchants oiseaux,

Soyez généreux pour le moment.

Ces malheureux cadavres

Resteront toujours votre proie.

Aucun os blanc ne pourra vous échapper.

Tout est calme, seul retentit le bruit des vagues

Qui se brisent avec fracas contre le rivage.

Dans l'obscurité, le vent courbe

Les roseaux et les joncs mobiles.

Les excellents chevaux meurent

Après de terribles combats.

Quelques montures tristes vont et reviennent,

En poussant vers le ciel des clameurs funèbres.....

J'AI A PENSER...

J'ai à penser : celui à qui je pense

Est au sud du grand Océan.

Que t'offrirais-je ?

Deux perles et une épingle en écaille.

Mais sachant ton cœur inconstant,

Je brûle ces bijoux

Et au vent fais voler leur cendre.

Dès maintenant, ne pensons plus l'un à l'autre !

Adieu ? je te quitte pour toujours !

ORPHELIN

—

I

O orphelin !

Pauvre enfant !

Que ta vie est malheureuse !

Quand tes parents étaient là,

Tu sortais en voiture

Ou te promenais sur un joli cheval.

« Maintenant, me dit-il,

Mon père et ma mère ne sont plus,

Mon frère et ma belle-sœur

M'obligent à faire du commerce.

Je suis allé jusqu'à Chi-kang,

De là, j'ai voyagé à Tsi et à Lou.

Voilà l'hiver, je reviens bien souffrant.

Pourtant je n'ose exprimer mes douleurs.

La tête pleine de vermine,

La figure couverte de poussière.

Mon grand frère m'ordonne de préparer le repas,

Ma belle-sœur me dit d'aller soigner les chevaux.

Je viens de monter à l'étage,

Et dois encore descendre ! »

L'orphelin verse des torrents de larmes !

———

11

« Dès le matin, on me charge de tirer l'eau d'un puits,
Au coucher du soleil, je retourne porter les seaux.
Je travaille péniblement avec mes mains,
Je n'ai pas de souliers aux pieds
Et tristement je foule la terre gelée
Parsemée de chardons et d'épines.

En arrachant ces mauvaises plantes,

Mon cœur est bien affligé !

Mes larmes tombent comme les flots qui se brisent,

Ah ! je pleure toujours !

Je vais, en hiver sans manteau,

En été, sans chemise.

Las de vivre, n'éprouvant pas de joie,

J'espère quitter bientôt ce monde

Pour rejoindre mes parents.... »

———

III

« Le voile du printemps se déploie, la brise souffle,

Les jeunes herbes naissantes s'élevent à l'horizon.

En mars, on s'occupe des vers à soie.

On récolte, en juin, les melons.

Je pousse la voiture si lourde

Pour me rendre à la maison.

Malheureusement, le véhicule verse.

Peu de personnes viennent à mon secours :

Tout le monde en profite pour manger mes fruits.

Rendez-moi les pédoncules (1) supplié-je.

Mon frère et sa femme sont si sévères,

Que de blâmes je vais recevoir !

Ils vont me gronder, m'injurier.

Quelle triste vie !

Je voudrais envoyer une petite lettre à mes parents

Sous la terre pour leur dire

Que je ne puis vivre avec mon frère et ma belle-sœur.

Note du traducteur :

(1) Les tiges des melons, qui doivent être montrées à son frère et à
sa belle-sœur.

DEUX HÉRONS BLANCS

———

On voit arriver deux hérons blancs

Venant du nord-ouest.

Ils vont l'un suivant l'autre

Formant une belle ligne !

La femelle malade

Ne peut plus voler ;

Le mâle se retourne après cinq li parcourus !

Six li franchis, il jette encore un regard !

« Je désirerais t'emmener,

Mais mon bec est si petit !

Je désirerais t'emporter,

Mais si faibles sont mes ailes » !

« Heureux nous étions le jour de notre rencontre,

Qu'il est déplorable de nous séparer ainsi !

Mon cœur se désespère; en regardant nos compagnons,

Mes larmes coulent sans le savoir ».

L'AVENIR INCERTAIN...

———

L'avenir incertain est profondément angoissant,
Il laisse la bouche brûlante, les lèvres sèches.
Aujourd'hui, puisque nous sommes ensemble,
Soyons heureux ! Soyons heureux !

L'heure du plaisir ne dure qu'un moment,
Le jour du chagrin dure toute la vie !
Avec quoi oublie-t-on les soucis ?
La musique, le vin et le chant !

LES DIX-NEUF POÈMES

I

En marche, en marche toujours,

Je te quitte encore.

Séparés par dix mille li,

Chacun sous un coin du ciel.

La route est si longue !

Quand nous reverrons-nous ?

Les chevaux des Hou aiment le vent du nord.

Les oiseaux du Yué préfèrent les branches du sud. (1)

Nous nous éloignons chaque jour,

Notre ceinture devient trop grande, (2)

Les nuages voilent le soleil,

Le voyageur ne saurait s'en retourner.

Je veillis en pensant à toi,

Le temps court si vite !

Enfin ne parlons plus.

Aie du courage pour te nourrir.

———

Notes du traducteur :

(1) Hou, nom des régions du nord ; Yué, nom des régions du sud. Ces deux phrases sont des comparaisons pour expliquer que les animaux aiment aussi leur pays natal.

(2) Image qui veut dire que l'on a maigri en pensant à quelqu'un.

II

Sur le rivage, le vent berce les herbes vertes,

Au jardin, le saule s'incline et se balance...

Là-haut, il y a une jolie femme

Devant la fenêtre, elle est ravissante.

Comme ses joues sont roses ! Sa toilette est si belle

Et ses mains si fines ! Elle pense.

Elle était autrefois chanteuse ;

Aujourd'hui elle est maîtresse d'un « enfant prodigue »

Qui ne revient pas,

Dans un lit si vide, elle ne peut rester seule !

III

Sur la colline, les pins jettent deçà, delà,

Un ombrage mystérieux et sombre

Dans les flots qui reflètent l'image

Se trouvent quelques cailloux transparents.

Oh ! les hommes au monde

Sont comme des voyageurs !

L'ennui nous tue, buvons toujours

Du vin fort et délicieux....

IV

Aujourd'hui, au moment où s'épanouissent

La grande paix et la joyeuse fête,

On lance au ciel des notes mélodieuses.

Qu'elle est adorable et bien rythmée,

La chanson nouvelle qui exalte la vertu.

En l'écoutant, les connaisseurs comprennent.

Nous avons les mêmes idées,

Mais cette voix reste insuffisante pour tout exprimer.

La vie d'ici-bas

Est comme la poussière qui passe.

Allez vite, allez vite !

Prenez une place importante !

Pourquoi rester longtemps pauvre ?

Pourquoi être toujours malheureux ?

V

Au nord-ouest, une gentille maisonnette

Enveloppée par les nuages, se dissimule.

Le brouillard se disperse,

On voit reparaître les belles fenêtres

Puis les salles et les escaliers.

Là-haut, on joue du khin, on chante.

Que la voix est triste mais spirituelle !

De qui sont ces chansons si mélancoliques ?

C'est pour Ki-lan que sa veuve a composé les notes
fantiques.

Le son, envoyé par le vent de feuille en feuille,

Apporte, au fond de la montagne, un faible écho.

Des soupirs et des gémissements...

Font pleurer ceux qui les entendent.

On ne regrette pas l'effort du chanteur,

Mais qu'il est triste de rencontrer peu d'admirateurs

— Nous voudrions être deux petits oiseaux,

Pour voler ensemble jusqu'au ciel lointain...

VI

Je traverse le bassin pour cueillir les lotus.

Il y a tant de fleurs parfumées.

Les cueillir, pour qui ?

Celle à qui je pense est si loin de moi !

Mon regard erre pour voir mon pays.

Les routes lointaines barrent mon songe du retour.

Nos cœurs sont les mêmes, nos corps sont séparés.

L'inquiétude et la tristesse conduisent à la vieillesse.

VII

La lune est claire, la nuit silencieuse.

Dans un trou du mur, les grillons frémissent.

Voici venir l'hiver !

Les étoiles brillent au firmament,

La rosée blanche mouille les herbes fanées,

C'est la saison qui change.

La cigale frileuse chante dans les arbres dépouillés ;

Où vont ces malheureuses hirondelles ?

Oh ! mon ami d'enfance que j'ai tant chéri

Est bien loin !

Il me délaisse, il m'oublie,

Il m'abandonne !.....

———

VIII

Au pied de la montagne Thaï,

Le bambou solitaire prend racine.

Seigneur, je vais vous épouser,

Mon cœur appartient à vous seul,

Comme le lierre parasite pousse

S'attachant au jeune sapin.

Nous nous verrons bientôt,

Il a fallu des milliers de li pour venir me chercher.

Monts verts et plaines brunes nous séparent,

Je vieillis en pensant à vous !

Pourquoi votre voiture arrive-t-elle lentement ?

Voyez ces orchis l'un à l'autre enlacés.

Comme leurs fleurs sont brillantes et fraîches !

Cueillez, cueillez-les à temps,

Pareilles aux herbes d'automne,

Le vent ternira leur beauté.

Seigneur, si vous ne m'écoutez pas,

Moi, pauvre femme, que ferai-je ?

———

IX

Dans ce petit jardin, se trouve un arbre merveilleux

Dont le zéphyr fait frissonner les rameaux si frais.

Je casse quelques-unes des plus belles branches

Pour les envoyer à celle que mon cœur aime,

En les portant, mes manches en sont tout embaumées.

La route est si longue,

Comment les lui faire parvenir ?

Ces bouquets sont-ils dignes d'elle

Et méritent-ils de lui être offerts ?

Mais le temps passe et je pense à notre séparation !

X

L'étoile du Bouvier est si loin,

La fille de la Rivière (1) est si blanche,

Ses mains sont si fines,

Elle tisse toujours;

Mais de tout son travail, il ne reste rien.

Ses larmes tombent comme la pluie.

La rivière est claire et peu profonde,

La distance n'est pas grande;

Mais séparés par cette eau méchante,

Tristes, ils ne peuvent converser.

Note du traducteur :
(1) La Rivière, c'est-à-dire la Voie lactée.

XI

Sur le chemin désert, je vais
D'une allure triste et languissante.
Mes regards plongent sur ce monde confus ;
Le vent printanier berce les jeunes herbes.
La nature meurt, renaît, tout change.
Comment pourra-t-on rester toujours jeune ?
Riche ou pauvre selon le destin,
Travaillons pour être connus.
La vie n'est pas immortelle,
Rare est la longévité.
Comme tout être,
Le corps humain se perd,
Vite effacé, on nous oublie.
Gardons les honneurs qui nous sont chers !

XII

Aux pays de Yen et de Tsao,

Il y a tant de belles femmes.

Là-bas, une des plus jolies créatures,

Gracieuse et douce comme le jade,

En robe de soie avec des ceintures traînantes,

Rêve, joue, chante ;

La musique est si triste, la voix si mélancolique !

La nature pleure dans sa chanson !.....

Puissions-nous être deux hirondelles,

Nous chercherions quelques brins d'herbes,

Et irions nicher dans ta maisonnette.

––––––––

XIII

En voiture, je me dirige vers la porte de l'est,

De là, je vois, au nord, les tombes désertes.

Le vent siffle tristement

Dans les feuilles mortes des peupliers.

Le long du chemin,

Les sapins secouent leurs branches funèbres.

C'est là que sont couchés les pauvres morts.

Ils vont, ils partent pour toujours.

Ils dormiront éternellement dans leur caveau,

Ils ne se réveilleront plus.

Les temps passent si vite,

Les vivants sont fauchés par la mort

Comme la rosée du matin

S'évapore sur le gazon.

———

XIV

Ceux qui ont vécu s'éloignent peu à peu de nous,

Les survivants nous sont devenus plus chers.

J'erre tout seul, promenant ma tristesse.

Je ne vois que des cimetières et des collines,

Les tombes abandonnées sont nivelées.

Les sapins sont coupés pour faire du feu,

A travers les saules,

Le vent produit un bruit mélancolique,

Et la douleur nous tue.

Oh ! que je voudrais retourner dans mon pays,

Pas de route, où vais-je ?

XV

La vie est trop courte,

Les douleurs sont immenses !

Le jour passe vite, la nuit semble longue.

Pourquoi n'allumez-vous pas des flambeaux pour
[s'amuser ?

Jouissez du printemps, jouissez de la jeunesse.

Ne pensez point à l'attente du lendemain.

Quant aux ignorants égoïstes et tristes,

L'avenir se moque d'eux !.....

———

XVI

. . . .

. . . .

Je suis seul ce soir,

Pensif, je vois ton image.

Tu ne m'as pas oublié,

Tu viens en voiture.

Que ton sourire soit le même !

Que nous rentrions ensemble !

Ah ! tu ne viens que pour peu de temps,

Et tu t'en vas déjà !

Tu n'as pas d'ailes,

Comment peux-tu voler ?

. . . .

XVII

Voilà les tristes jours, voilà l'hiver monotone !
Le vent du nord souffle, tout est sinistre et blême !
Cœur affligé, on sent la nuit trop longue.
Je regarde le ciel, les étoiles commencent à percer la
[nue.

La pleine lune verse sa lumière mélancolique,
Mais peu à peu elle s'éclipsera.

Un voyageur vient de loin,
Il me remet un mot de toi.
Tu penses donc encore à moi !
Tu me parles de notre pénible séparation,
Une telle lettre ne quittera plus mes lèvres.
En la cachant sur ma poitrine fiévreuse,
L'encre ne disparaîtra pas pendant des années.
— Mon cœur est à toi seul,
Tu l'entends ? Tu le sais ?

XVIII

Un voyageur, venu de loin,

Me remet une pièce de satin.

Si loin de moi.....

Tu ne m'as pas oublié

En m'envoyant cette jolie broderie :

Deux belles sarcelles se caressent en battant des ailes,

Je la coupe pour une couverture.

Je m'en revêtis pour réchauffer mes pensées,

En la cousant, renouvelons nos amitiés.

———

XIX

Que la lune est sereine !

Comme luit le rideau de soie !

Triste, je ne puis dormir.

En me levant, je vais et viens.

Bien que le voyage soit agréable,

Vaut-il mieux retourner dans son pays ?

Rêveur, j'erre seul dans cette cour solitaire,

A qui pourrai-je confier mes douleurs ?

Rentré dans la chambre,

Mes larmes tombent et tachent ma robe.

CHANSON DE LO-FEOU

—

Dès que le soleil émerge de l'horizon,
Il illumine notre pavillon.....
Notre pavillon de la famille Thsin.
La famille Thsin a une jolie fille.....
Une jolie fille qui s'appelle Lo-feou.
Lo-feou soigne bien les vers à soie;
Vers l'allée solitaire, elle part
Pour cueillir des feuilles de mûrier.
Elle emporte un petit panier
Orné d'une tresse de soie bleue
Et de légères branches de lilas.
Lo-feou se coiffe gentiment.....

A ses oreilles, elle suspend des perles
Rondes et claires comme la lune,
Avec sa robe de crêpe violet
Et sa belle jupe dorée,
Elle est charmante !
Les vieillards la voyant passer
Stationnent et caressent leur barbe.
Les jeunes gens l'admirant,
Otent leur chapeau et s'inclinent.
Les faucheurs oublient de faucher
Et les piocheurs de piocher.
A cause de *Lo-feou,*
Ils se jalousent, ils se fâchent.....

....

....

Sur la route du sud, arrive un seigneur
Il rencontre Lo-feou et arrête ses cinq chevaux :

« Va, dit-il à un de ses suivants,

Va demander à cette belle son nom et son âge ».

Lo-feou répond :

« Une jolie fille de la famille Thsin

Qui s'appelle Lo-feou.......

Quel est son âge ?

Elle n'a pas encore vingt ans,

Mais elle a déjà vécu quinze printemps ».

Le seigneur remercie Lo-feou

Et la supplie :

« Voudriez-vous monter dans mon char ? »

Lo-feou reprend en baissant les yeux :

« Le seigneur a bien tort !

Le seigneur n'a-t-il pas une femme ?

Puis, Lo-feou a son fiancé....... »

JE SUIS ALLÉE

SUR LA MONTAGNE.....

—

Je suis allée sur la montagne pour y cueillir des roses,
En descendant, je rencontre mon ancien mari.
Agenouillée, je lui demande :
« Comment est ta nouvelle épouse ? »
— Elle n'est pas vulgaire,
Mais sa beauté vous ressemble peu.
Fraîche de couleur comme vous,
Quant au travail, elle ne vous surpasse pas !

La nouvelle épouse entra par la porte ;

De la salle sortit la première femme.

Celle-ci tissait des soies blanches (1),

Et celle-là des soies jaunes.

Les soies blanches donnaient une pièce par jour,

Les soies jaunes fournissaient cinq tchyon (2) environ.

Rien à comparer entre ces deux sortes de soies,

La nouvelle venue ne vous vaut pas !

Notes du traducteur :

(1) Les soies blanches sont en général de qualité fine et supérieure et les soies jaunes, de qualité inférieure.

(2) Tchyon, mesure chinoise, égale à 3 mètres et demi environ.

QU'IL EST TRISTE.....

———

Qu'il est triste de quitter ses amis intimes !

Angoissé, je ne peux plus parler !

Soigne-toi bien, c'est mon souhait le plus cher.

La route est longue, il est difficile de nous revoir.

La vie dure peu de temps,

Que l'on est malheureux dans ce monde !

Toi, tu m'abandonnes,

Infidèle, tu as un nouvel ami,

Tu vas si loin, perdu dans les nuages !

Quand reviendras-tu ?

A QUINZE ANS.....

A quinze ans, je partis aux armées.

J'en reviens, accablé d'années, à quatre-vingts ans !

Sur le chemin du retour,

J'ai rencontré un compatriote.

« Que me reste-t-il encore ? lui demandai-je »

« Là-bas, me répondit-il, c'est bien là votre maison !

Les sapins sont si grands, les tombes si nombreuses ! »

J'arrive : les lièvres passent par les trous abandonnés,

Les faisans volent sur les remparts,

Dans la cour, quelques maigres épis ;

A côté du vieux puits, couvert de mauves sauvages ;

J'en prends pour faire la soupe,

Le repas est prêt,

Mais à qui vais-je l'offrir ?

Je sors et mon regard se dirige du côté de l'est,

Mes larmes tombent et mouillent mes vêtements !

VERS LA PORTE DE L'EST

Je me promène vers la porte de l'est,

Je regarde au loin la route de Koung-nin (1)

C'est là, qu'avant hier, par un temps de vent et de
[neige,

Mon ami me quitta pour toujours !

Oh ! que je voudrais traverser le fleuve !

L'eau est si profonde et n'offre pas de pont.

Puissions-nous être deux hérons jaunes,

Pour voler et retourner ensemble à notre pays natal !

Note du traducteur :

(1) Koung-nin veut dire au sud du Fleuve bleu.

CHANSON
DE LA MONTAGNE LON

———

I

Au fond de la montagne Lon,

La source tombe en cascade,

Répandant au loin

Un bruit de sanglots.

Je veux voir mon pays,

Mon cœur est brisé !

———

11

Au fond de la montagne Lou,

La source tombe en cascade.

Seul, je voyage.

J'erre dans ce pays inconnu et immense,

En regardant au loin,

Je pleure amèrement.

JE FILTRE..... SEUL !

Je filtre tout seul, je filtre tout seul.....
Que l'eau est profonde, que la terre est sale !
Cette vilaine boue ne me gène rien,
L'eau profonde pourrait me tuer !

Si gais et si doux, deux canards sauvages
Jouent au bord d'un champ.
Je voudrais les tuer,
Mais qu'il est cruel de les séparer.

L'épée, dans son fourreau, semble faire du bruit.

Suspendue au lit, elle n'a jamais servi.

Mais, alors pour moi, que me sert de vivre !

Si je ne venge pas mon père.

Avec leurs peaux tachetées, les féroces tigres

S'amusent de la vallée à la montagne,

Et s'ils veulent s'attaquer à quelqu'un,

Ils n'épargnent même pas les sages ni les héros.

NGAN-TON-PIN [1]

Si triste et si déchirant
Le vent du nord rugit, la neige tombe.
Le chemin d'eau (2) n'est plus communicable,
Routes et sentiers, tout a disparu !

Notes du traducteur :

(1) Nom d'un poème lyrique.
(2) Image de la rivière qui coule.

CHANSON
DE LA JEUNE FILLE
DE CHIN-KI

—

Au coucher du soleil, le vent souffle tristement,

Les feuilles mortes voltigent encore ne voulant pas
[quitter leurs branches,

Mon cœur est si fidèle, mes pensées si franches ;

Peut-être me comprendras-tu difficilement !

POËME DE MOU-LIN

—

Tsi-tsi, Tsi-tsi,

Mou-lin tisse devant les fenêtres.

Soudain, au lieu du bruit de la navette,

On entend des soupirs et des gémissements.

« A qui penses-tu ? »

« De quoi te souviens-tu ? »

Elle ne pense à personne,

Elle ne se souvient de rien.

« Mais, hier soir, j'ai vu, répond-t-elle, dans la gazette
[militaire,

Que Khan mobilise tous les soldats,

Et parmi les douze ordonnances impériales.

Mon père est mentionné, dans toutes, comme devant
[partir,

Mon père, hélàs ! n'a pas de fils en âge,

Moi, je n'ai pas de frère aîné,

Ah ! que je voudrais acheter un cheval et un harnais

Pour prendre dès maintenant la place de mon père ».

Au marché de l'est, elle trouva la monture,

A celui de l'ouest, la selle.

Elle acquit, à la foire du midi, les rênes,

Et à celle du nord, le fouet.

Le matin, elle quitte ses parents,

Le soir, les troupes stationnent au bord du Fleuve
Jaune.

Là, plus d'appels de son père ni de sa mère,

Seul, retentit le bruit des eaux courantes

Qui murmurent tristement......

On repart le lendemain en disant adieu à ce rivage.

Au couchant du soleil,

Les armées bivouaquent près de « l'Eau noire » (1).

Là, on n'entend non plus les voix de ses bien-aimés.

Seuls les chevaux de Houng-nou (2).

Hennissent si mélancoliquement

Sur la montagne de Yuen.

Ils font des milliers de li pour rejoindre leurs postes,

Les monts, les murailles, passent comme en volant.

Les armes dorées tremblent au contact du froid

Et la glace fait briller davantage les cuirrasses étin-
[celantes.

Après cent combats, les généraux furent tués.

Mou-lin leur succéda.

Pendant dix ans, cette vie de guerre.

L'héroïne retourna en remportant tant de victoires.

Dès son retour, elle alla au devant de l'Empereur.

Le souverain assit sur son trône.

Douze décrets d'anoblissement allaient être décernés
[à Mou-lin

Avec une donation de cent mille lingots.

Le Khan lui demandait encore son désir,

Mais Mou-lin dédaignait tout cela !

Elle souhaitait qu'on lui prétât un excellent chameau

Pour pouvoir se rendre dans son pays natal.

Son père et sa mère, apprenant l'arrivée de la jeune
[fille.

Sont venus l'attendre à la porte du village,

Sa sœurette se pare coquettement

Pour la recevoir.

Son jeune frère l'apercevant de loin

Aiguise les couteaux et tue moutons et porcs.

Elle arrive, elle ouvre toutes les portes,

Elle s'assied et se repose.

Elle se dépouille de sa tenue militaire

Et reparaît en ancien costume.

Devant la fenêtre, elle arrange son chignon,

Elle y met des fleurs en se mirant.

Mou-lin sort pour voir ses compagnons d'armes.

Ils sont tous étonnés :

Pendant douze ans qu'ils étaient restés ensemble,

Ils ne savaient pas que Mou-lin n'est qu'une héroïne.

Un lapin mâle court vite,

La femelle passe les yeux tremblants ;

Quand ils filent rapidement,

Comment pourra-t-on les distinguer et deviner leur
[sexe ?

Note du traducteur :

(1) Nom d'un fleuve qui passe au nord de la Chine.
(2) Ou huns.

EN CASSANT UNE BRANCHE
DE SAULE

———

I

Monté à cheval sans cravache,
Pour la remplacer, je casse une branche de saule.
Sur la selle, je joue de la longue flûte
Qui rend les voyageurs bien tristes !

———

II

Mon cœur est si morne !

Que je voudrais constituer moi-même la cravache de
[mon ami !

Quand il va et vient, je serais près de lui :

Appuyée contre son bras et reposant sur son genou !

CHANSON D'ADIEU

Les branches du saule au feuillage vert et éploré
Tombent effleurant la terre ;
Ses fleurs si blanches et si légères
S'envolent emportées.
Quand on aura cassé toutes ces branches (1)
Et quand ces fleurs ne seront plus,
Vous, voyageur, reviendrez-vous ?

Note du traducteur :

(1) Selon l'ancienne tradition chinoise, on offrait aux amis partants
une branche de saule comme souvenir.

CHANT DE COQS

C'est l'heure où l'horizon commence à blanchir,

L'heure où les étoiles, au ciel, scintillent encore.

Les coqs de Lu-nin appellent les dormeurs.

Les chants des fêtes expirent, le temps passe,....

Et, la lune pâlit, les étoiles s'évanouissent,

Enfin, l'aurore dissipe la nuit !.....

TABLE DES MATIÈRES

ÉPOQUE DES TROIS ROYAUMES ET DE TSIN
(220 J.-C. — 419 J.-C.) :

- - - ACHEVÉ D'IMPRIMER - - -
- - - LE 14 DÉCEMBRE 1923 - - -
PAR L'IMP. BOSC Frès & RIOU
- - - A LYON (FRANCE). - - -

版權所有